AF619731

NOUVEAU

REPERTOIRE DRAMATIQUE.

RIMBAUT,

Comédie-Vaudeville en deux actes.

PRIX : 3 SOUS.

Paris,

MARCHANT, ÉDITEUR,

Boulevart Saint-Martin, 12.

1836.

EN VENTE :

Le Père Latuile, vaudeville en un acte.	3
Lébao, drame en trois actes.	3
Le Mari honoraire, vaud. deux actes.	3
Parce que, vaudeville en un acte.	3
Les Bédouins à la barrière, folie-vaud.	3
Tiburce, comédie-vaudeville en un acte.	3
Le Lycéen, vaudeville en un acte.	3
Les Parens de l'héritage, vaud. un acte.	3
Fanchette, drame-vaud. en deux actes.	3
La Résurrection de St Antoine, vaudeville.	3
Crime et mystère, mélo-drame manqué.	3
Rimbaut, ou les mauvaises connaissances.	3

En vente chez le même Editeur.

COLLECTION COMPLÈTE

DU

MAGASIN THÉATRAL,

10 vol. in-8° à deux colonnes.

PRIX : 56 Fr.

RIMBAUT,

OU

Les Mauvaises Connaissances,

COMÉDIE EN DEUX ACTES
mêlée de couplets,

Par M. Dumersan.

Jouée pour la première fois à Paris, sur le théâtre des Variétés,
le 10 janvier 1836.

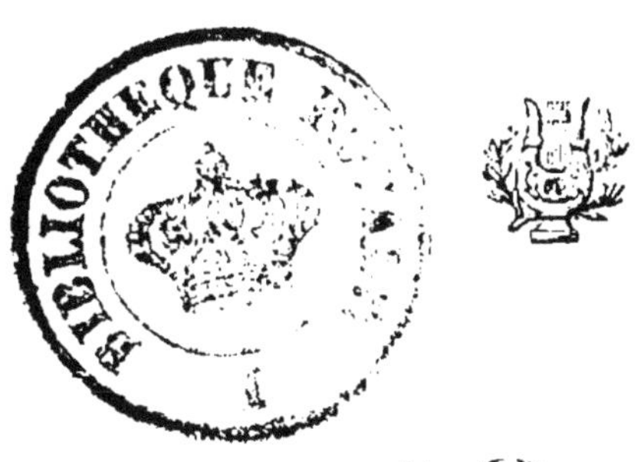

Paris,
MARCHANT, ÉDITEUR,
Boulevart Saint-Martin, 42.

1836.

Personnages.	Acteurs.
CHARLES RIMBAUT, ébéniste.	M. Daudel.
ADELE, sa femme.	Mlle Pauline.
Mlle JULIE DORSET, sœur de lait d'Adèle.	Mlle Jolivet.
LUCIEN, mauvais sujet.	M. Dumoulin.
BRICARD, son ami.	M. Lamarre.
Mme BLONDEAU, sage femme.	Mlle Flore.
HIPPOLYTE, apprenti de Rimbaut.	M. Hyacinthe.
UN COMMISSIONNAIRE.	M. Vézian.

La scène est à Paris, chez Rimbaut : Au premier acte, dans son arrière boutique ; au deuxième acte dans sa chambre.

IMP. J.-R. MEVREL,
Passage du Caire, 54.

RIMBAUT,

OU

LES MAUVAISES CONNAISSANCES,

comédie en deux actes.

ACTE I.

Une arrière-boutique d'ébéniste garnie de quelques meubles.

SCÈNE I.

HIPPOLYTE, MAD. BLONDEAU.

HIPPOLYTE, *en veste et casquette, occupé à polir un petit meuble de palissandre; il chante en travaillant, sur l'air : Un grenadier, c'est une rose.*

Comm' c'est poli, comm' c'est bien fait!
Voilà, (*ter.*) voilà l'ébéniste français.

MAD. BLONDEAU, *entrant.* Bonjour, M. Hippolyte.

HIPPOLYTE. Bonjour la plus belle des sage-femmes du Faubourg-Saint-Antoine.

MAD. BLONDEAU. Taisez-vous donc, jeune homme, est-ce qu'il appartient à votre age de dire des galanteries à une femme du mien?

HIPPOLYTE. Ah!.. madame Blondeau, quoiqu'on est jeune, on s'y connaît, et l'ébéniste est essentiellement galant! quoique apprenti, on ne l'est pas sous ce rapport dans ma classe.

MAD. BLONDEAU. C'est M. Rimbaut, votre bourgeois, qui vous donne de pareilles idées : il ne pense qu'au plaisir et à la société. Sa petite femme est-elle revenue de la campagne?

HIPPOLYTE. Non : elle est partie pour y passer cette semaine une quinzaine de jours. Elle n'était pas très bien portante, quand je l'ai conduite à la voiture de Coulommiers, pour lui porter son paquet.

MAD. BLONDEAU. Je le crois bien! pauvre petite femme! elle a du chagrin, son mari ne la rend pas heureuse.

HIPPOLYTE. C'est vrai, et pourtant la bourgeoise est jolie femme : pas si grande que vous; mais bien prise.

MAD. BLONDEAU. Leur fond d'ébénisterie ne leur a rien coûté.

HIPPOLYTE. Si j'en trouvais un au même prix, je m'établirais tout de suite.

MAD. BLONDEAU. C'est mamselle Julie

Dorset qui a tout payé, en mariant Adèle avec Rimbaut.

HIPPOLYTE. Dam! c'est sa sœur de lait, elles ont été élevées ensemble.

MAD. BLONDEAU. Mais, où est-il donc, ce matin, M. Rimbaut? Il n'est jamais à sa boutique.

HIPPOLYTE. Où il est?.. il est à déjeûner. (*Avec mystère.*) Ils ont soupé toute la nuit, et au jour, il a décampé avec les amis. Je crois qu'ils sont au billard, de l'estaminet en face.

MAD. BLONDEAU. Ciel de Dieu! quelle conduite! mais, c'est affreux, c'est monstrueux!

HIPPOLYTE. Monstrueux! c'est le mot.

Air : *Voulant par ses œuvres, etc.*

Nous avions déjà l' drame-monstre,
Qui certes n'avait pas d'égal;
Nous avions aussi l' canon-monstre :
C' n'est pas c'lui du Palais-Royal.
Nous avons les affiches-monstres,
Les concerts-monstres, si suivis!

MAD. BLONDEAU.

Et voilà qu' maint'nant dans Paris,
On n' voit plus que des maris-monstres.

HIPPOLYTE. Celui qui le dérange le plus, c'est ce grand flâneur de Lucien.

MAD. BLONDEAU. M. Lucien?

SCENE II.

Les Mêmes, LUCIEN.

LUCIEN, *à part.* Ah! on parle de moi, ici!

MAD. BLONDEAU. Il est fort aimable, bon genre, toujours bien mis.

HIPPOLYTE. Je ne peux pas le souffrir, moi, il a l'air faux comme un chat, il vous dit des douceurs, comme il fait des amitiés à M. Rimbaut; hum! si j'osais!.. C'est que je n'ai pas peur de lui, moi.

LUCIEN, *qui s'est approché doucement, donne un coup sur la casquette d'Hippolyte et la fait tomber.* Sois donc poli, et ôte ta casquette, quand il entre du monde.

HIPPOLYTE. Tiens, c'est lui, bonjour, M. Lucien.

Il reprend son ouvrage.

LUCIEN, *à madame Blondeau.* Salut et considération, belle sage-femme, comment va cette aimable santé?

MAD. BLONDEAU. Comme vous voyez, M. Lucien.

LUCIEN. Mais, ce que je vois est fort agréable. (*A Hippolyte.*) Dis donc, toi, rapin, ta présence m'est fastidieuse, va me faire une commission.

HIPPOLYTE. Je ne suis pas votre apprenti.

LUCIEN. Heureusement, car tu ne ferais pas grand chose dans ma partie. J'ai laissé ici un paquet de cigarres de la Havanne ; où sont-ils ?

HIPPOLYTE. Je ne les ai pas vus.

LUCIEN, *sévèrement.* Où sont-ils !

HIPPOLYTE, *cherchant.* N'est-ce pas ça ?

LUCIEN. Précisément : porte-les tout de suite aux amis, au billard en face.

HIPPOLYTE. On y va. (*Bas à madame Blondeau.*) Il est amoureux de vous, mais croyez-moi. Il chante.

Il ne vous aimera jamais,
Comme vous aime votre Hippolyte !

LUCIEN. File donc ! et file doux.

Hippolyte s'enfuit.

SCÈNE III.

MAD. BLONDEAU, LUCIEN.

MAD. BLONDEAU, *comme pour s'en aller.* Je vous salue, M. Lucien.

LUCIEN. Est-ce que je vous fais peur, jolie femme? faites-moi donc le plaisir de rester. J'aurais le désir de vous glisser quelques paroles en particulier.

MAD. BLONDEAU. De quoi s'agit-il?

LUCIEN. Vous êtes veuve, madame Blondeau.

MAD. BLONDEAU. Depuis deux ans.

LUCIEN. Ce sont deux siècles, pour une femme aimable comme vous.

MAD. BLONDEAU. Il faut bien prendre son parti.

LUCIEN. Il vaut mieux prendre un second mari.

MAD. BLONDEAU. Qui est-ce qui voudrait d'une vieille femme de vingt-six ans?

LUCIEN. Vingt-six ans, vous ne les paraissez pas.

MAD. BLONDEAU. Flatteur!

LUCIEN. Je suis sûr que comme moi, vous êtes lasse d'errer solitairement dans le désert de la vie.

MAD. BLONDEAU. Est-ce que la vie est un désert?

LUCIEN. Elle est tout ce qu'on veut!

Air : *J'ai vu partout.*

Oui, si la vie est un voyage,

A deux, il est moins ennuyeux.
Si la vie est un esclavage,
Les forçats marchent deux à deux :
Si c'est un char, tout nous indique
Qu'il faut y mettre deux chevaux,
Si c'est un Opéra-Comique !
Il faut y faire des duos.

MAD. BLONDEAU. Vous dites ça : mais vous n'êtes pas d'un caractère à vous marier.

LUCIEN. Au contraire : ce n'était qu'un désir, depuis que je vous ai vue, c'est une passion, une fureur.

MAD. BLONDEAU. Mais quel état faites-vous? car je vous vois toujours bien mis, vous promenant sur les boulevarts, la canne à la main, vous arrêtant devant les boutiques portatives, les chaînes à trente-neuf sous, les bagues à vingt-deux sous, les boutons à cinq sous.

LUCIEN. Je suis courtier de commerce.

MAD. BLONDEAU. Ce n'est pas un état sédentaire. Si je me remariais, je voudrais un homme qui serait toujours à la maison, voyez votre ami Rimbaut, comme il fait mauvais ménage, depuis qu'il est toujours dehors.

Rimbaut.

LUCIEN. C'est vrai, j'ai tort de le fréquenter, il me dérange, il m'emmène, dans les estaminets, dans les billards.

MAD. BLONDEAU. Ce que c'est, que les mauvaises langues! on disait que c'était vous qui le perdiez.

LUCIEN. Il n'y a que la calomnie qui puisse inventer des mensonges aussi atroces, oh! la calomnie!

MAD. BLONDEAU. Est-ce là tout ce que vous avez à me dire?

LUCIEN. Comme vous faites la sévère!.. me permettez-vous de me présenter chez vous?

MAD. BLONDEAU. J'y suis si rarement : mon état m'appelle jour et nuit.

LUCIEN. Vous y êtes à l'heure des repas, j'irai vous demander à dîner. La table établit la confiance, le dessert inspire une douce gaité, et après le café et la liqueur, on est dans la plus ravissante intimité.

MAD. BLONDEAU, *riant.* Nous verrons cela... Au revoir, M. Lucien. (*A part.*) Il est vraiment aimable! (*Haut.*) Au revoir.

Elle sort.

SCÈNE IV.

LUCIEN, *seul.*

Elle peut avoir de trente, à trente-six ans, la particulière, mais son état est progressif, il est excellent dans les récrudescences! Il faut pourtant me décider, j'avais en vue la fille d'un inspecteur des pompes funèbres, je crois que la sage-femme aura la préférence.

Air *du Verre.*

Tant que le genre humain mourra,
Il faudra le porter en terre;
Mais tant qu'il se perpétuera
La sag' femm' sera nécessaire.
Les états qui dans l' mond' je crois,
Ont la meilleure garantie,
Sont ceux qui perçoivent les droits
De l'entrée et de la sortie.

Je vais tâcher d'en finir promptement, car je suis brouillé avec l'hôtel de la Monnaie : les réclamations me viennent de tous côtés. Il semble qu'ils se soient tous donné le mot. Quand il vous arrive un créancier, ils sont tous à la queue. Ils croyent apparemment que j'ai des millions de trop à leur distribuer. Soignons toujours mon ami Rimbaut ; il a plus de crédit que moi. Tiens, je l'entends.

SCÈNE V.

RIMBAUT, LUCIEN.

RIMBAUT, *une queue de billard à la main.* Ah ! hai ! vive la joie ! je viens de perdre la poule, c'est étonnant, car je suis de première force au billard ; mais ce diable de Bricard a fait des racroes insolens ! enfin, je suis enfoncé, v'là tout.

LUCIEN. Ne jouait-on pas le dîner ?

RIMBAUT. Oui, c'est drôle, j'ai perdu le souper hier au soir, le déjeûner ce matin, et à présent...

LUCIEN. Que veux-tu ? l'un gagne l'autre perd.

RIMBAUT. Je suis toujours l'autre, moi.

LUCIEN. Est-ce que ça te donne de l'humeur ?

RIMBAUT. Non, mais tu es bien heureux toi, tu es toujours gai.

LUCIEN. Eh bien ! c'est parce que je suis gai, que je suis heureux ; vois, tu ne pleureras pas : amuses-toi, tu es sûr de ne pas t'ennuyer.

RIMBAUT, *riant*. Comment arranges-tu ça ?

LUCIEN. Tu n'as pas pour deux sous de philosophie.

RIMBAUT. Mieux que ça ; je n'ai pas même les deux sous.

LUCIEN. N'as-tu pas de l'argent à recevoir ?

RIMBAUT. Oui, quand ce meuble sera fini ; mais j'en ai déjà mangé la moitié.

LUCIEN. Il faut manger l'autre.

RIMBAUT. Et quand il n'y en aura plus ?

LUCIEN. Il y en aura encore...

RIMBAUT. Oui ; mais dis-donc, quand ma femme reviendra.

LUCIEN. Est-ce que tu as peur d'elle ?

RIMBAUT. Ah ben oui, peur d'une femme ! seulement, c'est que la mienne a été élevée un peu en demoiselle, chez sa sœur de lait, qui est la fille d'un banquier : elle a des manières de salon, moi des façons d'atelier, ça jure.

LUCIEN. Qu'est-ce qui ne jure pas, aujourd'hui mais elle t'a apporté de la fortune ?

RIMBAUT. Sa dot à payé mon fond d'acajou et de palissandre, et puis sa protectrice la soigne sous le rapport des cadeaux; elle lui a recommandé de s'adresser à elle, si par hasard elle se trouvait gênée.

LUCIEN. Voilà le moment : tu n'as plus de sonnettes, faut en demander à la protéctrice.

RIMBAUT. C'est que c'est bien embêtant de demander !

LUCIEN. Dam! c'est que quand on ne demande pas, on ne vient pas vous offrir. Vois les gens qui demandent des places, des pensions de gratifications. On ne leur en donne pas autant qu'ils en veulent.

RIMBAUT. Je crois bien, si on les laissait faire, ils mangeraient le budjet... Quant au mien, c'est une affaire faite.

LUCIEN. Bah! tu as des ressources. Ton magasin n'est pas vide... Dailleurs je t'ai parlé de notre société où tu hésites à entrer, je ne sais pourquoi. Voilà le moment ou jamais de t'affilier avec nous.

RIMBAUT. Dis-moi auparavant ce que c'est que ta société.

LUCIEN. C'est une réunion de bons enfans, mais ça ne peut pas se dire aux profanes. C'est un secret mystérieux aussi profond que les francs-maçons et les carbonari.

RIMBAUT. Et quand je serai dedans?

LUCIEN. Quand tu seras dedans... tu ne manquera plus de rien. Tous les membres t'accorderont aide et protection.

RIMBAUT. C'est bien tentant : mais je crains!..

LUCIEN. Ah! tu n'as pas de caractère... tantôt tu crains, tantôt tu as peur. Tu es un être amphibie. Il s'agit de se décider, d'être tout à fait un homme vertueux, un jobard; ou un farceur, un mauvais sujet fini... Veux-tu ou non t'amuser?

RIMBAUT. Je te l'ai déjà dit; mon ménage m'ennuie : pas d'avenir! une femme qui a l'air de me regarder au-dessous d'elle et quand je ferai des économies! pour qui? pas d'enfans!.. pas seulement un petit moutard pour porter après moi le nom de Rimbaut!

Air : *Vaud. des Amans sans amours.*

Je ne suis pas un pair de France
Je n' tiens pas à l'hérédité :
Mais dans l' mariag' quand on se lance
C'est pour se faire une postérité. *bis*
Quoique je n' suis qu'un ébéniste,
En élevant mon fils dens mon état,

Des honnêt' gens j'aurais grossi la liste
Et ça vaut bien un majorat.

LUCIEN. Ayes confiance dans un ancien camarade d'école ; il n'y a qu'un mois que je t'ai retrouvé : mais voilà vingt-cinq ans que nous sommes amis !

RIMBAUT. Tu me promets ?..

LUCIEN. Au diner de ce soir, ta réception solennelle. Et allons donc ! la bonne chère, le jeu, les jolies femmes !.. société chantante, dansante, buvante, tout le tremblement !..

RIMBAUT. Tu me décides !

LUCIEN.

Air : *En avant, du courage*, (d'Adam.)

Au diable la morale,
Ell' n'a plus de succès,
Le siècle est au scandale,
Soyons donc du progrès.
Dans vingt pièces sublimes
Dans chaq' nouveau roman
Ne vois-tu pas les crimes.
Enfoncer l' sentiment.
Les crim' enfonç'nt le sentiment
Enfç'nt toujours le sentiment.

ENSEMBLE.

Soyons aussi sublimes
Qu' les drames et les romans.

Lucien sort.

SCÈNE VI.

RIMBAUT, *seul.*

Il a raison... vive la joie, après moi la fin du monde. Le vin est fait pour être bu, les femmes pour être aimées. On doit pouvoir changer des unes comme des autres. Et si la mienne bougonne... et sûrement qu'elle bougonnera je la vois d'ici... mais!..

Air : *Je suis faubourien.*

Ma bourgeois' fait la bégueule :
Parc' qu'elle a d' l'éducation :
Qu'ell' la garde pour ell' tout' seule !
Pour moi, j'ai mon opinion.
Je n' sais pas le catéchisme
Qu'on apprend aux écoliers :
Mais je n' veux pas d' despotisme
C'est l'instinct des ouvriers.
Le peupl' n'est pas un' meute !
Chez moi, j' frais une émeute ;
Car' là-d'sous, j' connais rien

Je suis faubourien !

Allons allons, mon parti est pris. D'ailleurs, ma femme est encore à la campagne pour quelque temps. Après ça, elle reviendrait demain que ça m'est bien égal.

SCENE VII.

RIMBAUT, HIPPOLYTE.

HIPPOLYTE, *accourant.* Not' bourgeois, not' bourgeois, bonne nouvelle !

RIMBAUT. Qu'est-ce que c'est ?

HIPPOLYTE. Devinez.

RIMBAUT. Parlez donc.

HIPPOLYTE. C'est queq' chose qui vous fera plaisir.

RIMBAUT. Ne me fais donc pas des peurs comme ça.

HIPPOLYTE. Voilà votre femme qui arrive.

RIMBAUT. Est-il bête de plaisanter avec ces choses-là.

HIPPOLYTE. Je ne plaisante pas. Elle descend de voiture, d'un beau landau, avec une jolie dame.

RIMBAUT. Diable ! je ne l'attendais pas sitôt. J'étais brave de loin : la voilà, et mon courage s'enva... Elle aura porté des plaintes! on va me faire des morales!.. quelle scie patriotique!..

HIPPOLYTE, *qui a été au fond.* Les voilà.

RIMBAUT. Elle est avec mademoiselle Dorset.

SCÈNE VIII.

RIMBAUT, ADÈLE, Mlle DORSET.

Air : *Me voilà, je tremble d'avance.*

Me voilà, me voilà,
Oui, c'est ton Adèle !..
Toujours tendre et fidèle.

RIMBAUT, *surpris.*

Je ne m'attendais pas à ça !

Il l'embrasse.

ADÈLE.

Mais embrasse-moi donc mieux.

RIMBAUT, *embarrassé.*

C'est que... devant madame...

ADÈLE.

Est-ce qu'on est jamais honteux
D'embrasser sa femme !

ENSEMBLE.

Me voila, me voilà, etc.

ADÈLE. Embrasse-moi donc encore.

Mlle DORSET. Ne vous gênez pas monsieur Rimbaut. Il ne faut pas se cacher d'aimer sa femme, surtout quand elle est bonne comme Adèle.

RIMBAUT. Je ne m'en cache pas... (*Il l'embrasse.*) Bonjour Adèle. (*Saluant Mlle Dorset.*) Mamzelle Dorset j'ai l'honneur de vous saluer. Comment va monsieur votre père?

Mlle DORSET. Fort bien; toujours un peu humoriste, mais excellent, malgré ses brusqueries.

RIMBAUT. C'est vrai qu'il n'est pas aisé le papa Dorset. Vous ne devez pas être bien heureuse avec lui.

Mlle DORSET. Je suis faite à son caractère.

ADÈLE. Mademoiselle est si douce. et puis ne faut-il pas savoir vivre avec tout le monde?

Air : *du Vaudeville du Coin de rue.*

Quoiqu'on en puisse dire,

Les pères les maris,
Ne font pas toujours rire
Ceux dont ils sont chéris:

RIMBAUT.

L'ménag' n'est pas un paradis, *bis*

ADÈLE.

Chez queq'zuns il faut croire
Qu'c'est un enfer, vraiment!

RIMBAUT.

Quand c' n'est qu'un purgatoire
Faut s' trouver bien content,

Mlle DORSET. Vous ne direz pas cela pour Adèle, vous la rendez bien heureuse!

RIMBAUT, *à part.* Est-ce qu'elle se moque de moi?

ADÈLE. Oh! ça, oui, mon petit homme n'est pas exempt de défauts, je ne dis pas qu'il soit parfait!..

RIMBAUT, *à part.* Elle mentirait.

ADÈLE. Mais il m'aime, il a de l'ordre de l'économie, il a une bonne réputation, dans le quartier, et il la mérite.

Mlle DORSET, *à Rimbaut.* C'est ce que votre femme m'a toujours dit.

RIMBAUT, *surpris.* Vraiment? elle est bien bonne.

Mlle DORSET. Sans doute : et je suis bien aise du bon témoignage qu'elle rend de vous. J'aime Adèle comme une sœur, j'ai de la fortune, et je suis heureuse de pouvoir en employer une partie à améliorer son sort.

ADÈLE. Gardez vos bienfaits pour un temps où nous pourrions en avoir besoin pour le moment, ils nous seraient inutiles,

RIMBAUT, *à part.* Est-elle bête de refuser ?

ADÈLE. Notre commerce va bien, mon mari a de l'ouvrage plus qu'il n'en peut faire.

RIMBAUT, *embarassé.* Oh! ça, oui. (*A part.*) Si elle savait qu'il n'y a pas le sou à la maison.

Mlle DORSET. Si vous êtes jamais dans l'embarras, adressez-vous à moi.

ADÈLE. Puisque vous le voulez, nous en profiterons.

RIMBAUT, *à part.* Elle aurait bien dû en profiter tout de suite.

Mlle DORSET Rimbaut, je suis enchantée que votre femme n'ait pas à se repentir de son mariage. Je dois vous avouer qu'il me contrariait un peu ; vous passiez pour être étourdi, dissipé !

RIMBAUT. On est jeune !

Mlle DORSET. Elle vous aimait, on est si heureuse d'épouser celui qu'on aime.

Elle soupire.

RIMBAUT. Eh bien ! et vous, mamselle Dorset, est-ce que vous ne vous mariez pas ?..

ADÈLE, *à demi-voix.* Tais-toi donc, Charles, il n'est pas convenable !..

RIMBAUT. Ah ! oui ! le papa, n'est-ce pas ?.. qui !..

Mlle DORSET. Adèle ! je voudrais te parler seule.

ADÈLE Entends-tu, Charles, laisse-nous un moment.

RIMBAUT, *à part.* Ça n'est pas très poli, mais c'est égal (*Haut.*) Je m'en vas. Salut, mamselle Dorset. (*A part.*) Et les autres qui m'attendent pour dîner !

SCÈNE IX.

ADELE, Mlle DORSET.

Mlle DORSET. Je ne sais si je me trompe, mais malgré la satisfaction que tu affectes, je ne te crois pas bien contente de ton mari.

ADÈLE. Pourquoi, mademoiselle?

Mlle DORSET. Et lui... je ne lui trouve pas l'air franc et amical que j'aurais désiré.

ADÈLE. Quand mon mari aurait quelques défauts, il est plus étourdi que méchant.

Mlle DORSET. Tu l'excuses : mais tu as à te plaindre de lui. Adèle, tu n'as plus de confiance en moi!

ADÈLE. Eh bien, mademoiselle! vous avez lu dans mon cœur, je voudrais envain vous le cacher! oui, je suis malheureuse, je voulais éviter vos reproches, car c'est ma faute; j'ai voulu épouser Rimbaut.

Mlle DORSET. Pauvre Adèle! et quels sont ses torts?

ADÈLE.

Air : *de l'harmonica*.

Parfois chez nous il s'élève un nuage
Charles portant n'a pas mauvais cœur.
De sa raison a-t-on toujours l'usage
Non, non, tout homme est sujet à l'erreur
Femme j'excuse une tête légère.
Je me résigne à souffrir... cependant...
Quel avenir, si je devenais mère!

Avec âme.

Moi, ce n'est rien !.. mais hélas mon enfant
Mais mon enfant.
Mon pauvre enfant !

Mlle DORSET. Calme-toi.

ADÈLE. Ah ! mademoiselle Julie ! profitez de mon exemple.

Mlle DORSET. Je suis bien sûre d'Edouard.

ADÈLE. Votre père s'oppose à cette union.

Mlle DORSET. Ma tante connaît et approuve nos sentimens. C'est sous sa protection que notre amour a pris naissance, qu'il s'est accru au point que nous ne pouvons plus vivre l'un sans l'autre, enfin, nous sommes décidés à nous unir.

ADÈLE. Sans le consentement de votre père !

Mlle DORSET. Il ne le donnera jamais.

ADÈLE. Comment donc ferez-vous?

Mlle DORSET. Tout est prévu. Nous passons en Angleterre avec ma tante... Mais on vient ! Adèle, reçois mes adieux... embrasse-moi. Compte sur mon amitié... ma maison te sera toujours ouverte.

SCÈNE X.

Les Mêmes, HIPPOLYTE.

HIPPOLYTE. Pardon, madame, on vient pour ce meuble qui n'est pas fini. Les personnes sont dans la boutique.

ADÈLE. Comment, il n'est pas encore terminé? J'y vais... (*A mademoiselle Dorcet.*) Permettez-moi de vous reconduire jusqu'à votre voiture. Ah! mademoiselle, puissiez-vous être plus heureuse que moi!

SCÈNE XI.

HIPPOLYTE, *seul.*

Voilà un retour qui dérange fameusement le bourgeois. Il va être obligé d'être plus rangé... Mais les autres, qu'est-ce qu'ils vont dire? Ils tiennent à lui parce qu'ils lui grugent son argent... Bon, en voilà deux qui viennent par ici, ils vont vouloir me faire parler... et puis les calottes par-dessus le marché... Cachons-nous qu'équ'part pour qu'ils ne me voient pas.

SCENE XII.

LUCIEN, BRICARD, HIPPOLYTE, *caché.*

LUCIEN. Tiens, personne ici ! où est donc Rimbaut ?

BRICARD. Est-ce que c'est pas lui qui paie à dîner ?

LUCIEN. Mais, si...

BRICARD. J'ai eu assez de mal à lui mettre la poule sur le dos.

LUCIEN. Oui, aux cartes ça aurait été plus facile.

BRICARD. Cependant, il ne se doute de rien.

LUCIEN. Il faudra pourtant le mettre au courant, si nous l'affilions à la société.

BRICARD. Crois-tu qu'il soit de force ? mais je crains qu'il ne donne encore dans les préjugés.

LUCIEN. Il faut l'entortiller de manière qu'il ne puisse plus reculer.

BRICARD. Lui crois-tu des moyens ?

LUCIEN. Sans ça, je ne chercherais pas à l'enrégimenter.

HIPPOLYTE, *caché, à part.* Dieu ! j'en apprends de belles !

BRICARD. Il fera peut-être d'abord le délicat.

LUCIEN. De quoi! le délicat.. Nous sommes d'aimables citoyens qui exploitons la vie avec une philosophie large et facile.

BRICARD. Sûrement, la fortune est, dit-on, une coquette.

LUCIEN. Une coquette? Je veux bien. Tu ne sais pas ce qui m'amène encore dans cette maison?

BRICARD Non.

HIPPOLYTE, *à part.* Ecoutons.

LUCIEN. J'ai trouvé un trésor.

BRICARD. Part à deux.

LUCIEN. Du tout, part à moi seul. Il s'agit d'une superbe veuve qui a des écus et un bon état. Je veux m'assurer une poire pour la soif.

BRICARD. Avec ça, tu as une soif épaisse.

LUCIEN. Oui, je boirais or, argent, bijoux, maisons, meubles, et la femme avec.

BRICARD. Si tu fais ce mariage-ci, est-ce que tu nous planteras là?

LUCIEN. Jamais! unité, fraternité, indivisibilité de la société.

BRICARD. Ou la mort.

HIPPOLYTE, *effrayé.* Ah! mon Dieu!

LUCIEN. Qui est-ce qui est là!

BRICARD, *voyant Hippolyte.* Une mouche..

LUCIEN. Faut l'écraser.

HIPPOLYTE, *criant.* Oh! là, là!

LUCIEN, Tais-toi, ou je te calcine...

BRICARD Ah! tu nous écoutais.

HIPPOLYTE. Du tout, j'arrivais par hasard.

LUCIEN. Tu nous as entendus.

HIPPOLYTE. Vous n'avez rien dit de mal.

LUCIEN. C'est bon; pour être sûr que tu ne le répéteras pas, je t'invite à ne pas nous quitter.

HIPPOLYTE. Mais...

BRICARD. Tu vas venir diner avec nous.

HIPPOLYTE. C'est que...

LUCIEN. Paix!.. v'là ton bourgeois. Si tu desserres une quenotte, je te mène chez le dentiste et je te les fais arracher toutes.

SCÈNE XIII.

Les Mêmes, RIMBAUT.

RIMBAUT. Ah! les amis, vous voilà, je viens de commander le dîner chez le traiteur en face.

LUCIEN. Tu devrais nous recevoir chez toi.

RIMBAUT. Vous ne savez pas... c'est que

ma femme est arrivée de son voyage.

BRICARD. Est-ce qu'elle t'empêche de recevoir tes amis?

RIMBAUT, *embarrassé.* C'est que...

HIPPOLYTE, *à part.* Si je pouvais aller prévenir la bourgeoise.

LUCIEN, *l'arrêtant.* Reste donc, toi.

HIPPOLYTE. Je voudrais aller...

LUCIEN, *le tenant.* Est-ce que tu as des fourmis dans les jambes?

BRICARD. Allons nous mettre à table.

RIMBAUT. Laissez-moi seulement prévenir ma femme.

LUCIEN. Eh bien, ne sois pas longtemps, on t'attendra en buvant un coup. (*A Hippolyte.*) Viens, toi.

HIPPOLYTE. Je ne peux pas, moi ; faut que je reste à la boutique.

BRICARD, *sévèrement* Je t'invite.

LUCIEN, *le menaçant.* Et pas de façon.

RIMBAUT. Va... puisque ces messieurs t'engagent si poliment.

HIPPOLYTE, *insistant.* C'est que je voudrais vous dire ..

LUCIEN, *lui donnant une calotte.* Ne te faisdonc pas prier comme ça.

BRICARD, *lui tirant l'oreille sans que*

Rimbaut s'en aperçoive. Il faut donc se fâcher.

LUCIEN. Tu as tort de te faire tirer l'oreille.

RIMBAUT. Oui, Polite, c'est bête. Il ne faut pas faire tant de cérémonie.

LUCIEN. Nous partons, ne te fais pas attendre.

Il donnent la main à Rimbaut, se retourne et fait passer Hippolyte devant lui.

RIMBAUT, *seul.* Il était temps qu'ils sortent. v'là mafemme qui revient ; j'ai encore la bêtise de canner devant elle ; j'ai peur de lui faire de la peine... Ah bah ! du courage !

SCÈNE XIV.

RIMBAUT, ADÈLE.

ADÈLE, *d'un ton très doux.* A présent que nous sommes seuls, mon ami, permets-moi de te gronder.

RIMBAUT, *à part.* Bon, elle me donne la réplique. Comment donc me gronder?

ADÈLE, *plus doucement.* Ne te fâches pas, Charles, je veux te donner quelques conseils.

RIMBAUT. Je n'ai que faire de conseils.

Je suis assez grand pour me conduire moi-même.

ADÈLE. Mais c'est par amitié.

RIMBAUT. Ah ! ah ! de l'amitié ! diable ! nous sommes donc bien réfroidis. C'était de l'amour autrefois ; nous voilà descendus à l'amitié ?

ADÉLE. Charles, vous interprêtez mal ce que je vous dis.

RIMBAUT. Vous ! C'est bien, voilà que nous ne nous tutoyons plus.

ADÈLE.

Air : *de Marianne.*

Mais mon Dieu ! comme tu me parles,
Es-tu fâché de mon retour !
N'aurai-je plus le cœur de Charles
Qui m'avait juré tant d'amour !
Reprends courage
A ton ouvrage,
Reviens gaîment, et l' bonheur reviendra,
Dans ton ménage
Soîs toujours sage.

Elle le câline.

RIMBAUT.

Laissez-moi donc, assez d' leçons comm' ça,

Des femm's on connaît les manœuvres
Elles nous font, en nous trompant,
Avec leurs caresses de serpent
Avaler des couleuvres.

ADÈLE, Ah! peux-tu dire des choses pareilles! Allons, ne parlons plus de rien. Viens te mettre à table; nous dînerons en tête à tête. Ça nous rappellera le temps de nos amours.

RIMBAUT. J'en suis fâché, mais ça ne se peut pas; je dîne dehors.

ADÈLE. Le jour de mon arrivée?

RIMBAUT. Je ne vous attendais pas: je suis engagé.

ADÈLE. Tu peux faire dire que tu n'iras pas.

RIMBAUT. Pour me faire moquer de moi,

ADÈLE, *pleurant.* Je suis bien malheureuse!

RIMBAUT. Ah! voilà les larmes...

ADÈLE. Charles, je t'en prie!

RIMBAUT. Je n'aime pas les femmes qui pleurent.

ADÈLE. Charles!...

RIMBAUT. Ah! ne m'emb... arlificotez pas comme ça.

ADÈLE On me l'avait bien dit, que de

faux amis vous perdaient, que vous n'étiez plus à votre maison, à votre travail; que vous aviez des dettes.

RIMBAUT. Eh bien, ce n'est pas vous qui les paierez... puisque vous avez refusé l'argent que mamzelle Julie vous offrait.

ADÈLE, *avec noblesse*. Peux-tu avoir assez peu d'amour-propre pour compter sur des secours étrangers... Quand on est jeune et qu'on aime le travail, peut-on s'humilier au point de tendre la main.

RIMBAUT, *furieux*, *l'interrompant*. Tendre la main!.. Adèle! Adèle! Je sais que tu me méprises, parce que tu as eu plus d'éducation que moi. Mais ça n'est pas une raison pour me prêter des sentimens vils! tendre la main!

ADÈLE. Pardon, ces paroles me sont échappées.

RIMBAUT, *toujours en colère*. Il aurait mieux valu que tu ne les aies pas dites; m'assimiler à un homme sans cœur, à un mendiant; Non, je ne sais qui me tient, que...

Il lève la main.

ADÈLE, *anéantie*. O mon Dieu! il a levé la main sur moi.— Ah! c'est fini, pauvre Adèle!

Elle fuit dans sa chambre.

SCÈNE XV.

RIMBAUT, *seul.*

Heim ? quest-ce que j'ai fait ? je ne l'ai pas frappée ! non... je ne l'ai pas frappée ; je m'en voudrais toute la vie... Bon, j'entends les autres qui viennent me chercher.

SCÈNE XVI.

RIMBAUT, LUCIEN, BRICARD, *les Amis de Lucien.*

LUCIEN. Allons donc, tu nous fais attendre.

CHOEUR.

Air du Comte Ory de Rossini.

Le vin sort de la cave,
Du feu sortent les mets ;
L'z'uns n's'ront plus chauds, mon brave,
Et l'vin ne s'ra plus frais.

RIMBAUT. Me voilà, les amis, me voilà; c'est que ma femme !..

BRICARD. Encore ta femme ! c'est donc un petit rhinocéros que c'te femme-là ?

LUCIEN. Mais plante-la donc là, ta femme, et que ça finisse.

BRICARD. C'est vrai.

LUCIEN. Quand un homme n'est pas le chef-de-file dans sa maison, c'est un jobard.

BRICARD. Un canard.

LUCIEN. Comme dit Bricard.

RIMBAUT. Je ne veux être ni un jobard, ni un canard; voyons, les amis, partons.

LUCIEN. Tu sais que nous t'affilions ce soir.

RIMBAUT. Oui.

LUCIEN. Que le repas durera jusqu'à demain matin.

RAIMBAUT. Oui.

LUCIEN. Envoie-tu le ménage au diable?

RIMBAUT. Au diable!

TOUS. Partons!

Raimbaut va pour suivre ses amis.

SCÈNE XVII.

Les Mêmes, MAD. BLONDEAU.

MAD. BLONDEAU, *avec vivacité.* M. Rimbaut! M. Rimbaut! Enfin je vous trouve... Je vous cherche depuis ce matin. Ah! mon voisin, mon ami, votre femme...

RIMBAUT, *brusquement.* Je me moque pas mal de ma femme.

MAD. BLONDEAU. Mais écoutez donc, M. Rimbaut; vous lui devrez votre bonheur.

RIMBAUT. Mon bonheur.

MAD. BLONDEAU. Oui!.. vot' femme ne vous l'a donc pas dit? Eh ben! j' vas vous le dire, moi!

Madame Blondeau lui parle bas à l'oreille.

RIMBAUT, *stupéfait.* Hein! l'ai-je bien entendu? (*avec enthousiasme*) Je serai père! j'aurai un garçon! car ce sera un garçon... Ah! quel bonheur! je ne me sens pas d'aise!.. Je danse, je chante!.. tra la la la!

LUCIEN. Qu'est-ce qui lui prend donc? il danse le cancan.

BRICARD. J'ai cru qu'il allait s'envoler.

RIMBAUT. J'en deviendrai fou!.. un petit Charlot, un petit Rimbaut! Et où est-elle, où est-elle mon Adèle?

SCÈNE XVIII.

Les Mêmes, ADÈLE.

ADÈLE, *accourant.* Mon ami.

RIMBAUT, *la recevant dans ses bras, l'embrasse à plusieurs reprises.* Mon Adèle! ah! pardon, pardon, je t'aime, va, ma petite femme. Qui est-ce qui a dit que je ne l'aimais pas! Ah! mes amis, je ne me cache pas de vous... Je pleure, mais ce sont des larmes de joie... tenez, voilà que je ris à présent!

LUCIEN. Ne te gênes pas, tu es chez toi...

RIMBAUT. Vous sentez bien que je ne peux pas aller dîner avec vous.

SCENE XIX.

Les Mêmes, HIPPOLYTE.

HIPPOLYTE, *entrant et à part*. Bon, il n'est pas encore parti.

LUCIEN. C'est poli, merci.

RIMBAUT. Un père de famille ne peut pas faire la vie de garcon.

BRICARD, *d'un ton insolent*. Ne viens pas si tu veux, mais tu paieras l'écot.

RIMBAUT, *fâché*. De quoi? je paierai si ça me plaît.

LUCIEN, *sèchement*. Tu as perdu, tu dois.

HIPPOLYTE, *accourant entre eux*. C'est pas vrai, not' maître, ils vous ont triché.

RIMBAUT, *exaspéré*. Triché!.. misérables!

LUCIEN, *ricanant*. Imbécille!

BRICARD, *insolemment*. Nigaud!

RIMBAUT, Vous m'insultez chez moi.

LUCIEN, *à Bricard*. C'est vrai, nous sommes chez lui.

ADÈLE, *se jetant au-devant de lui*. Mon ami !

RIMBAUT. Prends garde de te blesser; prends garde à ton enfant... Et vous autres sortez de chez moi.

LUCIEN. Tu te permets de nous mettre à la porte!

RIMBAUT. Oui.

FINALE.

Air de la Dame Blanche.

LUCIEN, RICARD ET LE CHOEUR.

Sortons, sortons, notre présence
Maintenant le met en fureur.

RIMBAUT.

Sortez, sortez votre présence
Maintenant me met en fureur.

LUCIEN, BRICARD ET LE CHOEUR.

Il nous chasse quelle insolence!
Mais voyez donc quelle fureur!

HYPPOLITE, *montrant le poing*.

Voyons, si vous avez du cœur!

RIMBAUT, *à Lucien.*

Déménage, (*bis.*)
Ou bien crains ma rage,
Viens Adèle dans mes bras,
Ne le crains pas.

LUCIEN ET SES AMIS.

Quel tapage! (*bis.*)
Sortons, mais j'enrage,
Ne fais pas tant d'embarras,
On n'te craint pas.

Rimbaut saisit un meuble; madame Blondeau retient Adèle; Lucien, Bricard et leurs amis se dirigent vers la porte, en menaçant Rimbaut et Hippolyte, qui les chassent.

ACTE II.

Une chambre chez Rimbaut. — A droite de l'acteur, un guéridon ; à gauche, un secrétaire.

SCÈNE I.

Mlle DORSET, ADÈLE.

ADÈLE. Venez, venez dans cette chambre, mademoiselle, ou plutôt madame.

Mlle DORSET. Garde-toi de prononcer ce nom de madame.

ADÈLE. Il est pourtant bien gentil. Ah! dieu! suis-je heureuse de l'être, moi; aussi voyez ma gaîté.

Air vaud. de Sophie.

Je goûte un plaisir véritable,
Mon petit ménage est charmant ;
Un amant c'est bien agréable,
Mais ça cause bien du tourment.

Crainte ou regrets troublent notre ame,
Tenez, soit dit entre nous deux,
Un bon mari pour une femme,
On n'a rien inventé de mieux.

Mlle DORSET. Tu es folle. Mais personne ici ne viendra-t-il nous interrompre?

ADÈLE. Personne.

Mlle DORSET. Pas même ton mari?

ADÈLE. Il est absent depuis trois jours; il est allé voir notre petit Charlot qui est en nourrice à Saint-Leu. Il est si content d'avoir un enfant! et moi donc!.. C'est cet enfant-là qui m'a rendu le cœur de mon mari. Mon Charles est maintenant aussi sage, aussi bon, aussi rangé, qu'il avait été dissipé et étourdi. Je suis dans le paradis... Mais je vous parle de moi, et vous avez du chagrin. Pardon, pardon!.. il n'y a rien de bavard comme le bonheur.

Mlle DORSET. Tu es ma seule amie, la seule à qui je puisse confier un tel mystère.

ADÈLE. Vous m'effrayez.

Mlle DORSET. Jure-moi de n'en parler à personne, pas même à ton mari.

ADÈLE. Je vous le jure; mais c'est donc un secret bien terrible?

Mlle DORSET. J'ai désobéi à mon père.

ADÈLE. Il ignore votre mariage.

Mlle DORSET. Il le soupçonne, et sa haine pour Edouard semble redoubler. Tu sais que notre hymen s'est conclu en pays étranger; il parlait hier d'un pareil mariage que le père avait fait déclarer nul.

ADÈLE. Qu'allez-vous donc faire?

Mlle DORSET. Partir, rejoindre ma bonne tante en Angleterre. Edouard a tout disposé pour cette nuit... C'est ici, c'est chez toi qu'est notre rendez-vous. Nous prendrons les mêmes moyens qui ont assuré le secret de notre correspondance. C'est à ton nom, à ton adresse qu'Edouard écrira pour me faire savoir l'instant précis du départ.

ADÈLE. Je vous suis toute dévouée.

Mlle DORSET. Viens chez moi, je vais te remettre mon portefeuille et mon écrin, l'écrin m'appartient bien, c'est celui que m'a laissé ma mère... à ce soir; il ne faut pas qu'on me voie chez toi.

Elle se dispose à sortir.

SCÈNE II.

Les Mêmes, LUCIEN.

Il porte un costume outré de fashionable, moustaches, chaîne d'or, etc.

LUCIEN, *parlant à la cantonnade*. C'est

bon, c'est bon... je vais lui parler moi-même.

Mlle DORSET. Quelqu'un.

Elle baisse son voile.

LUCIEN. Pardon si je vous dérange.

ADÈLE. Ah! c'est vous, monsieur Lucien?

Mlle DORSET, *bas à Adèle.* Quel est cet homme?

ADÈLE. Une ancienne connaissance de mon mari... Un mauvais sujet.

Mlle DORSET. Adieu; je te quitte.

ADÈLE. Un instant.

LUCIEN. Mon ami Rimbaut n'est pas de retour?

ADÈLE. Non, monsieur Lucien, et je ne vous engage pas à l'attendre, car je suis obligée de sortir pour accompagner madame. (*Bas à mademoiselle Dorset.*) Je fais tout ce que je peux pour l'éloigner.

LUCIEN. Mais c'est comme si vous me disiez de m'en aller.

ADÈLE. Monsieur Lucien, voilà plusieurs fois que vous me rendez visite en l'absence de mon mari; ça peut faire jaser, et je vous préviens que cela ne me fait pas plaisir.

LUCIEN. Vous me faites du chagrin. Rimbaut est mon ami !.. Je vais lui écrire un mot dans la boutique.

ADÈLE. Comme vous voudrez. (*A mademoiselle Dorset.*) Venez, madame.

Air : *Walse de Robin des Bois.*

Jusque chez vous je vous remène ,
Elle lui prend la main.
Mais, quoi donc ? vous tremblez déjà.

Mlle DORSET.

C'est l'amour qui cause ma peine.

ADÈLE.

L'amitié vous consolera.

LUCIEN , *à part.*

En ce moment payons d'audace ,
Puisqu'on le veut, je vais partir.
Mais je suis comm' ces gens en place
Qui n' s'en vont que pour revenir.

ENSEMBLE.

ADÈLE.

Jusque chez vous je vous remène ,
Pourquoi donc tremblez-vous déjà ?
Si l'amour cause votre peine,
L'amitié vous consolera.

Mlle DORSET.

Jusque chez moi tu me ramènes,
Malgré moi je tremble déjà ;
Mais si l'amour cause ma peine,
L'amitié me consolera.

LUCIEN.

C'est le danger qui me ramène,
On croyait me tenir déjà.
Mais ici doit finir ma peine,
Et l'amitié me sauvera.

SCÈNE III.

LUCIEN, *seul.*

Il a feint de sortir, puis il revient furtivement.

Me voilà seul, mais Rimbaut n'est pas de retour, et moi qui comptais sur lui! On ne m'a promis mon passeport que pour demain, et d'ici là, il faut que je me cache dans une maison honnête, dans une maison où l'on ne soupçonne pas un industriel de mon genre! c'est dommage, je jouais de bonheur à la bouillotte et autres jeux innocens. Je travaillais en grand... j'étais lancé dans les plus brillans salons de Paris; on m'appelait le général Dam! avec cette tenue-là.

Air de Turenne.

Avec les ép'rons, la cravache,
Les gants jaunes et du toupet,
Avec le cigarr', la moustache,
On devient un homme complet. (*bis.*)
Du temps que nous faisions la guerre,
Nous avions tous le menton frais;
Et maint'nant que nous somm's en paix,
Nous avons tous la min' guerrière.

Ce qui m'arrête dans ma course, c'est qu'on se permet de vouloir attenter à ma liberté individuelle : je trouverais bien un refuge chez madame Blondeau, mais la sage-femme a des idées de mariage... et c'est encore une prison que je veux éviter... On en sort plus difficilement que de l'autre.

SCÈNE VI.

LUCIEN, HYPPOLITE, *en redingote.*

HIPPOLYTE, *appelant.* La bourgeoise, la bourgeoise! on demande des petits clous. Tiens! c'est vous, monsieur Lucien! madame m'avait défendu de vous laisser entrer en l'absence de son mari.

LUCIEN. C'est elle-même qui m'a reçu.

HIPPOLYTE. Ça m'étonne, car elle n'est pas folle de vous.

LUCIEN. Insolent!

HIPPOLYTE. Ah! c't embarras! parce que vous êtes devenu façonable on ne sait comment, et que vous roulez cabriolet on ne sait pourquoi.

LUCIEN. Imbécille!

HIPPOLYTE. Autrefois on faisait les cabriolets pour le monde, maintenant il faudra faire du monde pour les cabriolets.

LUCIEN, *s'oubliant*. Méchant gamin!

HIPPOLYTE, *à part*. Grand filou!

LUCIEN. Je me plaindrai de toi à mon ami Rimbaut.

HIPPOLYTE. Lui, votre ami? Bon avant de vous connaître; mais pas à c't heure qu'il est travailleur comme un cheval et rangé comme un épicier.

LUCIEN. Allons, puisque tu ne veux pas que je reste ici, je vais entrer chez madame Blondeau.

HIPPOLYTE. Chez madame Blondeau! Oh! non, je vous en prie, n'y allez pas; je l'aime, cette belle sage-femme! J'en perds la tête, et je suis sûr que sans vous, elle se serait déjà mésalliée avec moi.

LUCIEN. Eh bien! je n'irai pas chez elle,

si tu veux me laisser attendre ici le retour de ton maître. J'ai des raisons pour ne pas m'éloigner.

HIPPOLYTE. Mais si la bourgeoise...

LUCIEN. La bourgeoise! elle m'estime plus que tu ne crois.

HIPPOLYTE. C'est pas vrai, c'est des menteries.

MAD. BLONDEAU, *en-dehors*. Je vous dis qu'il est ici; il faut que je lui parle.

LUCIEN. Chut! c'est madame Blondeau.

HIPPOLYTE. Je ne veux pas qu'elle vous rencontre... Entrez là-dedans, c'est le magasin ou l'on met ce qui ne vaut rien; vous y serez supérieurement.

Il le pousse à gauche.

SCENE V.

HIPPOLYTE, MAD. BLONDEAU.

MAD. BLONDEAU. Tiens! vous êtes seul? monsieur Polyte! Je croyais que M. St-Lucien était ici.

HIPPOLYTE. Vous voyez bien qu'il n'y est pas. Est-il heureux que vous pensiez à lui comme ça.

MAD. BLONDEAU. Il en vaut bien la peine,

et puis, écoutez donc, il faut bien que je m'établisse à mon tour.

HIPPOLYTE. Je suis parfaitement de votre opinion, seulement je voudrais être votre associé.

MAD. BLONDEAU. Allons donc, jeune homme.

HIPPOLYTE. Je suis un brave garçon, et quand j'aurai du bien, moi, on saura comment je l'aurai gagné.

MAD BLONDEAU. Que voulez-vous dire? Est-ce que M. St-Lucien ?..

HIPPOLYTE, *très haut.* Je n'en dis pas de mal. (*Confidentiellement*) Mais c'est un pas grand chose, tandis que moi, je vous aurais aimée fameusement et légalement.

MAD. BLONDEAU. Est-ce que vous le croyez capable de m'aimer autrement?

HIPPOLYTE, *très haut.* Je n'attaque pas ses intentions. (*Bas.*) Mais...

MAD. BLONDEAU. Vous dites ça d'un air...

HIPPOLYTE. Suffit.

MAD. BLONDEAU. Est-ce que vous croiriez...

HIPPOLYTE. Peut-être.

MAD. BLONDEAU. Nous y voilà. Sauriez-vous pourquoi il vient si souvent ici?

HIPPOLYTE. Il ne me l'a pas dit.

MAD. BLONDEAU. Je le devine, voilà mes soupçons éclaircis!.. oh mon dieu! tous les hommes sont... des scélérats.

HIPPOLYTE. Je ne dis pas non.

MAD. BLONDEAU. Et vous tout le premier.

HIPPOLYTE. Bah.

MAD. BLONDEAU. Oh! si je le tenais.

HIPPOLYTE. Qu'est-ce que vous lui feriez?

MAD. BLONDEAU. Je lui donnerais un soufflet.

Elle le donne à Hippolyte.

HIPPOLYTE. Merci! Encore si vous m'aimiez!.. vous pourriez me battre, m'assommer. Ah! battez-moi, je vous en prie, mais aimez-moi.

MAD. BLONDEAU, *le tapant.* Tenez, tenez, la!

HIPPOLYTE, *criant.* Oh! la la! c'est trop fort!

SCENE VI.

Les Mêmes, RIMBAUT.

Il est en costume de voyage.

RIMBAUT. Eh ben, eh ben! quel bruit! quel tapage! est-ce que le feu est à la maison?

HIPPOLYTE. Non, c'est que nous faisons l'amour.

RIMBAUT. Vous faites donc l'amour comme les chats.

MAD. BLONDEAU, *vivement.* J'ai à vous parler, mon voisin.

RIMBAUT. Pardon, ma voisine, je n'ai pas encore embrassé ma femme, je descends de carriole.

HIPPOLYTE. La bourgeoise est sortie.

RIMBAUT. En ce cas, ma voisine, je suis à vous. Toi, Hippolyte, va rentrer Coco, et bouchonne-le bien. C'te bonne bête qui vient de faire six lieues pour voir mon petit Charlot.

HIPPOLYTE. Pauvre animal! je vas le soigner comme moi-même.

Il sort.

SCÈNE VII.

RIMBAUT, MAD. BLONDEAU.

RIMBAUT. Eh bien, voisine, je viens de voir mon petit Charlot, il pousse à vue d'œil, c'est un gros joufflu; oh! la jolie petite boule!

Air du Ménage de garçon.

Qu'il est gentil, comme il prospère!

Sa mèr' s'ra bien content', je croi;
Il a ses yeux et l'nez d'son père,
C'est un mélang' d'elle et de moi.
C't enfant-là m' rendra fou, je gage,
De l' voir je n' peux pas me lasser.
Et quand j' song'que c'est mon ouvrage,
Ça m' donne envi' de r'commencer.

MAD. BLONDEAU. Vot' femme est assez gentille pour ça.

RIMBAUT. Oh oui! elle est bien, et elle est bonne; c'est un vrai trésor.

MAD. BLONDEAU. Que vous avez négligé long-temps.

RIMBAUT. C'est vrai. J'ai bien des reproches à me faire; et moi qui ai été un si mauvais garnement! moi qui ne connaissais que le vin, le jeu...

MAD. BLONDEAU. Et les femmes...

RIMBAUT. Et les femmes... Dire que la mienne est restée *la mienne...* sage, fidèle pendant que tant de maris qui ont toujours vécu bien tranquilles, qui sont cités pour l'exactitude dans leur ménage et dans la garde nationale, et qui font bien leur service... dire qu'ils ont eu des choses fâcheuses!.. hein, ce que c'est que le sort.

MAD. BLONDEAU. Vous auriez bien mérité...

RIMBAUT. C'est ce que je dis.—Gredin que j'étais! par exemple, j'en serais mort de chagrin. Et mon petit Charlot, voisine, je n'oublierai jamais que c'est vous qui m'avez annoncé son arrivée.

MAD. BLONDEAU. Vous pouvez m'en récompenser.

RIMBAUT. Parlez.

MAD. BLONDEAU. Je pense comme vous que votre femme est sage et fidèle : mais dites-moi, a-t-elle quelques secrets pour vous?

RIMBAUT. Jamais,—excepté au sujet de mamzelle Dorset qui lui a donné sa confiance et qui...

MAD. BLONDEAU. Il ne s'agit pas de mamzelle Dorset. Tenez, voisin, vous savez que M. Saint-Lucien, votre ami...

RIMBAUT. Oh! mon ami, ma foi non...

MAD. BLONDEAU. Vous savez qu'il me recherchait en mariage.

RIMBAUT. Qu'est-ce que ma femme peut faire à ça?

MAD. BLONDEAU, *avec intention*. C'est que M. Saint-Lucien n'en finit pas; il recule toujours pour aller chez le notaire : je ne le vois presque plus, et il vient vous voir bien souvent.

RIMBAUT. Je ne m'en suis pas aperçu.

MAD BLONDEAU. Vous n'êtes pas toujours là.

RIMBAUT. Mais ma femme y est.

MAD. BLONDEAU. C'est cela ; priez-la de lui dire qu'il est bien long-temps à se décider ; que je finirai par perdre patience, et que je croirai qu'il a idée pour une autre. Dites à votre femme que je compte sur elle pour me le renvoyer quand il viendra ici. Sans adieu, mon voisin ; chargez-vous de ma commission. Votre femme vous aime tant, qu'elle n'a rien à vous refuser.

SCENE VIII.

RIMBAUT, *seul.* Qu'est-ce qui lui prend donc à la sage-femme ? Est-ce qu'elle est malade ? — Elle veut que ma femme se mêle de ses amours avec Lucien !.. et elle avait un air... Et c'tautre qui est venu me voir pendant que je n'y étais pas... Ah ça, mais tâchons donc d'y comprendre quelque chose.

SCÈNE IX.

RIMBAUT, UN COMMISSIONNAIRE.

LE COMMISSIONNAIRE, *entrant mystérieusement.* Monsieur...

RIMBAUT. Que demandez-vous?

LE COMMISSSIONNAIRE. Chut!.. madame Rimbaut y est-elle?

RIMBAUT. Pourquoi?

LE COMMISSIONNAIRE. Vous êtes garçon, ici?

RIMBAUT, *surpris.* Non... je ne suis pas garçon... mais je suis... du magasin.

LE COMMISSIONNAIRE. C'est que j'ai une lettre qu'on m'a bien recommandé de remettre à madame Rimbaut, sans que son mari le sache,

RIMBAUT, *étonné.* Ah!.. sans que son mari le sache.

LE COMMISSIONNAIRE. Oui...

RIMBAUT. Donnez-la-moi.

LE COMMISSIONNAIRE. Vous vous en chargez?

RIMBAUT, *vivement.* Eh! donne donc!

LE COMMISSIONNAIRE. Vous n'en direz rien au mari?

RIMBAUT. Ça me regarde. Va-t-en.

SCÈNE X.

RIMBAUT, *seul.*

Est-ce que je rêve ? Non, cet homme m'a bien remis cette lettre pour ma femme. (*Il regarde la lettre.*) C'est drôle, jusqu'à présent, nous n'avons jamais eu de secrets l'un pour l'autre. Ouvrons, c'est peut-être une commande.

« Ma chère amie.—Le style est un peu » familier pour une commande.—Ma chère » amie, j'espère que tu n'hésite plus ..— » Tiens, il l'a tutoye !—Que tu n'hésites » plus à fuir celui que je ne puis nommer... » ton tyran.—Par exemple!—Hâtons-nous, » de peur d'éveiller des soupçons. Le temps » presse, et cette nuit même, nous fuirons. —Ils fuiront ! Elle me quitterait !... Mes yeux se mouillent, je devrais être furieux et je pleure ; je n'y vois plus clair.

« N'oublies pas d'emporter les dia- » mans que je t'ai donnés.—Il lui a donné » des diamans !—J'ai laissé dans ta chambre » le porte-feuille qui contient nos passe- » ports. A minuit, la voiture sera à ta por- » te. Si je puis m'introduire chez toi, je te » verrai avant la nuit, pour ranimer ton » courage. »

Tout cela est écrit, je l'ai lu, je le tiens, et je ne le croirai que quand je verrai les diamans, le passeport, l'homme lui-même ; que quand j'entendrai la voiture.— On vient, c'est elle.

SCENE XI.

RIMBAUT, ADÈLE.

ADÈLE, *sans voir son mari.* Tout est disposé. En effet, il est bien cruel de vivre loin de celui qu'on aime, de ne le voir que furtivement.. Ce départ était nécessaire.

RIMBAUT, *à part.* Elle parle de départ.

ADÈLE, *serrant le portefeuille et l'écrin dans le secrétaire.* Serrons cela pour le retrouver au moment.

RIMBAUT. Qu'est-ce qu'elle cache-là ?

ADÈLE, *se retournant.* Ah ! c'est toi, mon ami, mon Charles... je ne t'attendais que ce soir. Quelle bonne surprise !

RIMBAUT, *déguisant ce qu'il éprouve.* Oui, elle est bonne.

ADÈLE. Comment va notre petit Charlot ? a-t-il sa première dent ?

RIMBAUT. Oui, j'ai donné vingt francs à la nourrice.

ADÈLE. Tu as bien fait... Ce pauvre

petit !.. est-il toujours gentil ? te ressemble-t-il bien ?

RIMBAUT. Mais... je crois qu'oui.

ADÈLE. Qu'est-ce que tu as donc ? je te trouve un air inquiet.

RIMBAUT. Non ; c'est que je suis...

ADÈLE. Tu es fatigué, peut-être ? Ah ! pauvre petit homme ! Il faut te reposer. Tu te coucheras de bonne heure.

RIMBAUT. Hem ? (*à part.*) La voiture doit venir à minuit.

ADÈLE. Je te ferai bassiner ton lit.

RIMBAUT. Merci, je n'ai pas froid. (*A part.*) Je brûle, j'ai la fièvre. Je voudrais bien voir ce qu'elle vient de cacher.

ADÈLE. Tu as beau dire : tu as la figure toute sans dessus dessous, veux tu te coucher tout de suite ?

RIMBAUT, *vivement.* Mais non. — Je veux souper auparavant.

ADÈLE. Eh bien, tu as raison.

Air : *Vois-tu cette nacelle.* (d'Amédée de Beauplan.)

Je vais mettre la table,
Et de toi m'occuper.
Qu'il doit être agréable,
Notre petit souper ;

Etre seul' qu'ell' souffrance!
Ah! que l'on est heureux,
Après trois jours d'absence,
De se retrouver deux!
Ah, ah, ah, ah, ah, ah!
Etre comm' nous voilà,
Là!
Ah, ah, ah, ah, ah, ah!
Le bonheur est là!
Il n'est que là!

ENSEMBLE.

ADÈLE.

Ah, ah, ah, ah, ah, ah!
Etre comm' nous voilà,
Là!
Ah, ah, ah, ah, ah, ah!
Le bonh er est là,
Il n'est que là.

RIMBAUT, *à part.*

Ah, ah, ah, ah, ah, ah!
Est-c' quell' me trompera,
Là?
Ah, ah, ah, ah, ah. ah!
Avec c'te voix-là,
Cette voix-là!

RIMBAUT.

Un mari doit s'instruire,
De c' qui s' passe chez lui,
N'as-tu rien à me dire?

ADÈLE.

Non, pas pour aujourd'hui;
Toute la nuit repose,
Et d'main matin...

RIMBAUT.

Eh bien?

ADÈLE.

Tu sauras quelque chose,
Qui te surprendra bien!
Ah, ah, ah, ah, ah, ah!
Patiente jusques là,
Là!
Ah, ah, ah, ah, ah, ah!
A c' que tu sauras,
Tu n' t'attends pas.

ENSEMBLE.

ADÈLE.

Ah, ah, ah, ah, ah, ah!
Patiente jusques là,
Là!
Ah, ah, ah, ah, ah, ah!

A c' que tu sauras,
Tu n' t'attends pas.

RIMBAUT, *à part.*

Ah, ah, ah, ah, ah, ah!
Est-c' quell' me trompera,
Là!
Ah, ah, ah, ah, ah, ah!
Avec c're min'-là,
Cette min'-là!

SCÈNE XII.

RIMBAUT.

Elle est sortie... voyons vite ce qu'elle a serré dans ce sécretaire, (*Il ouvre vivement le sécretaire.*) Dieu! l'écrin, le portefeuille! plus de doute!.. Adèle!.. (*Il reste anéanti, puis il dit avec fureur.*) Mais quel est donc le misérable!.. ah! si je le tenais!..

SCÈNE XIII.

RIMBAUT, LUCIEN.

LUCIEN, *entrouvant la porte de sa cachette.* Je m'ennuie moi, là-dedans.

RIMBAUT, *se retournant et le voyant sor-*

tir. Que vois-je ? Lucien !.. ah !.. je comprends maintenant ce que disait la sage-femme !

LUCIEN. Eh ! c'est toi, mon cher Rimbaut !

RIMBAUT, *le toisant.* Que viens-tu faire ici?

LUCIEN. Ma présence doit te surprendre, car tu m'as presque défendu ta porte : mais je me suis rappelé notre ancienne amitié.

RIMBAUT. Et vous osez !.. malheureux!.. oui, je vous ai cru mon ami, je ne vous connaissais pas : maintenant je sais qui vous êtes ; est-ce vous en dire assez ?

LUCIEN, *surpris.* Oui ! (*A part.*) Il sait ce que je suis ; prenons une autre marche.

RIMBAUT. Vous ne répondez pas ? je sais tout, vous dis-je, j'ai les preuves de votre infâme conduite.

LUCIEN, *à part.* En avant les sentimens. (*Haut avec hypocrisie.*) Charles... tu sais tout... eh bien, je ne te cacherai rien, une fatale passion m'a entraîné.

RIMBAUT. Il l'avoue.

LUCIEN. Oui... mais crois que je me suis souvent repenti, ah! mon ami, toi seul peux me sauver de moi-même ; empêche-moi de faire un dernier crime, et crois que toute ma vie sera employée à réparer mes premières erreurs.

RIMBAUT. Qu'entends-je ! mais tu viens ici dans les intentions les plus perfides !..

LUCIEN, *à part.* Il est vrai que si j'avais trouvé quelque chose sous ma main.

RIMBAUT, Tu aurais osé m'enlever mon bien ; tu voulais fuir !..

LUCIEN. Fuir, c'est vrai, mais c'est une nécessité, il faut que je quitte Paris ; là sont des objets tentateurs... tant que je les verrai, je ne réponds pas de moi.

RIMBAUT. Tu consentirais à t'éloigner!

LUCIEN. Oh ! si j'avais mon passeport !..

RIMBAUT. Je l'ai.

LUCIEN. Comment ?

RIMBAUT. Il est entre mes mains, ainsi que les diamans que tu avais donnés à cette malheureuse femme, pour la séduire.

LUCIEN. Des diamans !

RAIMBAUT. Ne le nies pas, je t'ai dit que je savais tout.

LUCIEN, *à part.* Il en sait plus que moi.

RIMBAUT. Si tu me promets de partir à l'instant, je vais te rendre tout cela.

LUCIEN. Quoi ! les diamans aussi ?

RIMBAUT. Crois-tu que je voudrais garder le prix de mon déshonneur.

LUCIEN, *à part.* Je n'y conçois rien : prenons toujours.

RIMBAUT, *allant au secrétaire.* Tiens, malheureux, voilà l'écrin, voilà le portefeuille.

LUCIEN, *ouvrant le portefeuille.* Des billets de banque... oui... (*A part.*) Ça se reconnaît toujours.

RIMBAUT. Va t'en, ta présence ici me fait mal, je voudrais te voir bien loin.

LUCIEN. Et moi aussi.

Air : *de Cartouche et Mandrin.*

RIMBAUT.

Souviens-toi que je sauve un coupable,
Vois ici quel courage est le mien.

LUCIEN.

Ah ! de toi, quel souvenir aimable !
Il est là, je le garderai bien.
C'est l'argent qui nous rend estimable,
Maintenant je suis homme de bien.

ENSEMBLE.

LUCIEN.

Profitons d'une erreur favorable,
Et de fuir saisissons ce moyen. (*Il sort.*)

RIMBAUT.

Profites du moment favorable,
Puisque de fuir je t'offre le moyen.

RIMBAUT. Oui, pars, pars! mais il n'y a plus de bonheur pour moi!.. et moi aussi, je veux partir! et ce soir même, car je ne veux plus la revoir. — Mais en quittant ma maison, je ne veux rien emporter qui me rappelle ma coupable femme. J'ai là son portrait, que j'avais fait faire par un fameux peintre : il m'a coûté 25 francs... (*Il le tire de son sein, et le pose sur la table.*) Reste là, toi.

SCÈNE XV.

RIMBAUT, ADÈLE.

ADÈLE, *entrant.* Tiens! qu'est-ce qu'il fait donc là?

RIMBAUT, *parlant au portrait.* Tu as beau me faire les yeux doux, je n'y crois plus! — Toi qui me parlais si tendrement, qui étais toujours pendue à mon bras, à mon cou... tu faisais semblant de m'aimer, pour mieux me trahir.

ADÈLE, *à part.* Que dit-il?

RIMBAUT. Mais ne craignez rien de moi, Adèle!

ADÈLE, *à part.* C'est de moi qu'il parle!

RIMBAUT. Je ne suis plus que votre ami, et je vais vous parler comme un ami. — Je vous abhorre, je vous déteste, je vous méprise, et je vous quitte pour toujours.

Il va pour sortir.

ADÈLE, *l'arrêtant.* Rimbaut! où vas-tu!..

RIMBAUT. Laissez-moi.

ADÈLE. Mon ami!

RIMBAUT, *lui remet la lettre.* Lisez.

ADÈLE. Que vois-je! (*A part.*) Et je ne puis lui dire!

SCÈNE XVI.

Les Mêmes, Mlle DORSET.

Mlle DORSET. Ah! mes amis, j'accours près de vous.

ADÈLE. Comme vous voilà émue.

Mlle DORSET. C'est de joie, de bonheur. Ce qui devait nous perdre nous a sauvés. Mon mari a eu l'imprudence de venir chez moi...

RIMBAUT. Comment, mademoiselle! votre mari?..

Mlle DORSET. C'était un secret entre votre femme et moi.

RIMBAUT. Ah!

Mlle DORSET. Mon père nous a surpris. L'idée de perdre sa fille l'a frappé. Il a pardonné.

ADÈLE. Alors, je puis t'expliquer la lettre (*à mademoiselle Dorset.*) et vous rendre ce que vous m'aviez confié, cet écrin, ce portefeuille.

RIMBAUT. Un écrin, un portefeuille?..

Mlle DORSET. Qui contient un passeport, et vingt mille francs en billets de banque.

RIMBAUT, *frappé.* Ah! mon Dieu!

ADÈLE. Eh bien? est-ce que quelqu'un a fouillé dans ce secrétaire?

RIMBAUT, *très ému.* Mon Dieu! qu'est-ce que j'ai fait!

ADÈLE, *inquiète.* Charles, as-tu pris quelque chose, là-dedans?

RIMBAUT. Oui.

ADÈLE. Où l'as-tu mis?

RIMBAUT. Où je l'ai mis? — Ah! malheureux que je suis!

ADÈLE. Eh bien?

RIMBAUT. Je l'ai donné...

ADÈLE. A qui?

RIMBAUT. A Lucien.

ADÈLE. Ah! mon Dieu!

SCÈNE XVII.

Les Mêmes, **MAD. BLONDEAU.**

MAD. BLONDEAU. Ah! mes voisins, mes chers voisins, secourez-moi, je me trouve mal.

Elle tombe dans un fauteuil.

RIMBAUT. À l'autre, à présent. Qu'avez-vous?

MAD. BLONDEAU. A qui se fier? M. Lucien était un voleur.

TOUS. Un voleur!

RIMBAUT. Un voleur! où est-il?

MAD. BLONDEAU. Il sortait d'ici, je le rencontre dans l'escalier; tout à coup des gens de mauvaise mine se présentent; il se sauve dans l'arrière-boutique : on venait pour l'arrêter.

RIMBAUT. Tant mieux, je cours...

SCÈNE XVIII.

Les Mêmes, **HIPPOLYTE.**

HIPPOLYTE, *accourant; il a l'habit et le chapeau de Lucien.* Il est sauvé!

RIMBAUT, *furieux.* Qui est-ce qui a fait ce coup-là ?

HIPPOLYTE. Moi.

RIMBAUT, *le prenant au collet.* Viens, malheureux que je t'étrangle.

HIPPOLYTE. Ça n'est pas pressé.

RIMBAUT. Pourquoi l'as-tu fait sauver ?

HIPPOLYTE. Pour m'en débarrasser.

RIMBAUT. Mais, comment ?

HIPPOLYTE. En lui prêtant ma redingote et en prenant son habit.

RIMBAUT, *frappé d'une idee.* Ah ! s'il était possible !

Il fouille Hippolyte.

HIPPOLYTE. Qu'est-ce que vous faites donc ? Vous me chatouillez.

RIMBAUT, *sautant de joie.* Le portefeuille !.. l'écrin !.. Ah ! mademoiselle ! je veux dire madame... quelle joie ! quel bonheur ! Et toi, ma femme, ma petite femme ! je t'avais soupçonnée...

ADÈLE. Mais, de quoi donc me soupçonnais-tu ?

RIMBAUT. Je ne veux pas te le dire... tu ne le sauras jamais... tu ne m'aimerais plus... qu'il te suffise de savoir que je suis un misérable !.. que je suis indigne de vivre !..

ADÈLE. Tais-toi donc !

RIMBAUT. Mais, sois tranquille, je ne croirai plus rien, quand même je verrais tout.

Mlle DORSET. Et vous aurez raison.

HIPPOLYTE. Est-ce qu'il est bête, le bourgeois ?

ADÈLE. Viens donc m'embrasser !

Il l'embrasse.

HIPPOLYTE. Non, il n'est pas si bête. Et vous, mame Blondeau, aimerez-vous encore les hommes sans les connaître parce qu'ils sont jolis garçons ?

MAD. BLONDEAU. Non ; je n'en veux plus de jolis garçons. Hippolyte, je vous épouse .. et surtout pas de mauvaises connaissances.

CHOEUR.

Air : *Vaudev. de Madelon Friquet.*

Craignons en tout temps
Les connaissanc's que font les jeunes gens.
Il faut à Paris
Bien connaîtr' ses amis.

Air : *Vaudev. de la Famille du porteur d'eau.*

ADÈLE, *au public.*

A notre bonheur, maintenant,
Tâchons qu' tout l' monde s'intéresse
Et qu' dans notre établissemeut
Chaque jour la foule se presse.

RIMBAUT.

De tous ceux qui veul'nt rir', chez nous,
Puissions-nous avoir la présence.

MAD. BLONDEAU.

Ah ! sans doute il serait bien doux
De connaîtr' leurs pièc's de cent sous.

HIPPOLYTE.

C' n'est pas d' mauvaises connaissances.

FIN.

www.ingramcontent.com/pod-product-compliance
Ingram Content Group UK Ltd.
Pitfield, Milton Keynes, MK11 3LW, UK
UKHW021626260726
13994UKWH00003B/1089

9 782329 383637